최선을
다해 ———— 느긋하겠습니다

여유만만 늘보 슬로틸다의 행복한 마이웨이 라이프

# 최선을 다해 SLOTHILDA 느긋하겠습니다

단테 파비에로 지음   타일러 라쉬 옮김

와이즈맵

나는
타고난 게으름으로
인생을 살아간다

윌리엄 셰익스피어

# CONTENTS

시작하는 글                                         008

FITNESS_ 운동은 언제나 내일부터!               010

FOOD_ 맛있게 먹으면 0칼로리!                   026

WORK_ 책상에서 자는 건 쉬운 게 아니라구      044

MONEY_ 월급은 통장을 스칠 뿐                   058

HOME_ 침대 밖은 위험해!                          069

LIFESTYLE_ 하마터면 바쁘게 살 뻔했네!         085

FUR BABY_ 댕댕이 피넛                            103

감사의 인사                                         120

# 시작하는 글

우리가 나무늘보처럼 느긋해진다면 삶은 훨씬 쉬워진다. 우리 삶을 빡빡하게 만드는 목표의식, 책임감 같은 것만 잠시 내려놓으면 된다. 하지만 그렇지 않다면 여유로운 일상은 조금 어려울 수 있다.

"운동 가야 하는데, 낮잠이나 잘까?"
"일 다 끝내야 되는데, 그냥 드라마 보고 싶어."
"신선한 샐러드가 몸에 좋긴 한데, 도넛이 더 맛있잖아."

이것들은 모두 내가 매일매일 스스로에게 하는 말이다.

2014년부터 나는 귀차니즘, 게으름 그리고 여러 가지 유혹과의 분투를 기록하기 위해 블로그를 시작했다. 친구들이 나의 경험에 공감하는 것을 보고, 나는 우리 모두의 내면에 살아있는 '느긋한 본능'을 표현하고, 그것을 대표할 수 있는 캐릭터를 통해 이야기를 공유하고 싶었다. 그렇게 인간적이고 사랑스럽고 잠이 많은 나무늘보 '슬로틸다'

가 태어났다.

매일 난관에 부딪히는 슬로틸다는 워낙 느긋한 성격 때문에 자기계발을 위해 항상 여러 재미있는 도전에 맞서야 하고, 그에 따른 귀차니즘, 정크푸드 사랑, 인터넷 중독을 극복하려고 끊임없이 고군분투한다.

어딘가 익숙한 모습이지 않은가. 이 책에서 슬로틸다는 누구나 느끼는 일상의 내적 갈등을 보여준다. 성장하고 성공하고는 싶지만 그러기 위해 한없이 여유롭고 싶은 욕구를 언제나 이겨내야 하는 우리 모두의 내적 갈등 말이다.

사실 살다보면 여유를 부리고 게으름을 피우는 것은 자연스러운 삶의 한 부분이며, 때로는 인생에서 가장 즐거운 부분이기도 하다. 그러니 드라마를 몰아보거나 인터넷 서핑에 빠지거나 뒹굴뒹굴 쉬고만 싶을 때가 있다면 자책하지 말고 당신 안에 있는 슬로틸다를 사랑해주길 바란다.

단테 파비에로

# 운동의 알고리즘

그래서 다시…

운동

성취감

죄책감

아낌없는 보상!!!

# 완벽한 러닝머신 활용법

# 요가의 효과

행동반경 확장

쫀쫀한 힙업

복근 강화

유연성 증가

폼롤러 사용 1일차

2일차 그리고 그 이후⋯

1월 1일, 마침내 헬스클럽 등록!

1월 2일, 6개월 후 다시 도전

달리면서 느끼는
희열의 순간!

하지만 기쁨도 잠시…

초콜릿 복근을 만들 거야!

이제 겨우 다섯 조각 남았네!

# 짐볼의 200% 활용법

의자

베개

발받침

호신용품

어흥

# 나의 최애 요가 자세들

다운독 자세

전사 자세

코브라 자세

나무늘보 자세

잠깐만,

칼로리 계산 좀 할게요

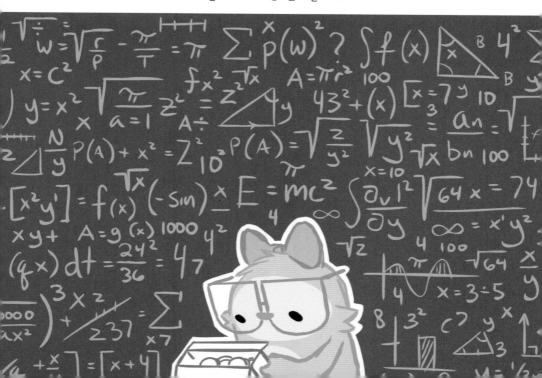

운동은 원래
먹기 위해 하는 거 아냐?

운동'량' is···

맘껏 먹어도 되는 '양'!

할! 수! 있! 어!

할… 수… 있… 어…

안 되는 건 안 되는 거야

맛있게
먹으면
0칼로리!

배고픈 건지,
심심한 건지…

어쨌든 고민 해결!

내가 끊임없이 먹는 이유는

·
·
·

전부 스트레스 때문이라구!

지금 내 몸이 간절히 원하는 '물'은

바로 탄수화'물'~~!

# 방해하지 마
## 소화능력 테스트 중이라구

# 우리 몸에 좋은 '넛'은?

캐슈넛

월넛

파인넛

피넛

도너…ㅅ?

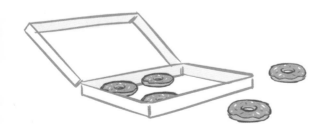

칼로리
활활
태우는 중

# 건강 스무디 만드는 법

**1**

녹색채소 조금

**2**

바나나 한 개

**3**

치아시드 한 스푼

**4**

땅콩버터 한 스푼, 한 스푼 더…
에잇, 남은 거 몽땅!

괜찮아, 괜찮아…
전부 **유기농**이잖아

SLOTHILDA FOOD

유혹은 머얼리…

도구는 가까이!

햄버거는
영원히
나와 함께 할 거야

'콜레스테롤'이란 특별한 존재로…

절반은 나중을 위해 남겨놓겠어

5분 뒤

허벅지야, 미안해

난 감튀를 쪼금 더 사랑해

SLOTHILDA FOOD

우와, 케이크!

왜, 뭐! 제일 작은 거였단 말이야

딱! 한 입만 먹어야지…

# 브로콜리, 너무 사랑해

# 드레싱을 잔뜩 묻힐 수 있거든!

# 아침식사란?

아침부터 디저트를 먹기 위한
또 다른 핑계

# 다이어트는 내일부터,
## 오늘은 치팅데이!
**Cheat day!**

책상에서
자는 건 쉬운 게
아니라구

내 인생은 완벽해!

오늘이 월요일인 것만 빼면…

# 우리가 난관에 대처하는 4단계

1. 문제 발견

2. 걱정

3. 절망

4. 타협

오늘만 날인가!

# 나의 하루 일과

커피 내리기

도시락 싸기

운동하기

피넛 산책시키기

청소하기

일하기

# 무시무시한 '쫌만'의 함정

낮잠
'쫌만' 자도 돼

간식
'쫌만' 먹어도 돼

드라마 '쫌만' 봐도 돼

열심히 일한 자여,

열심히 쉬어라!

이제 절대
미루거나
하지 않겠어!

일단
한잠 때리고
나서부터…

# 인체공학적 업무 환경

좋음                    더 좋음

베스트!

# 살려주세요!
# 일 때문에 죽을 것 같아욧!

열일!!

하는 척…

일할 시간이 부족해

일보다
급한 게 많단 말이야

인터넷과 나는
그야말로 애증의 관계야

뭐, 대부분은
사랑이 넘치지!

# 우리에게 가장 두려운 3가지

마감!!!

다이어트!!!

설거지!!!

5분 뒤에 일을 시작한다는 건

쉴 시간이
무려 4분이나 남았다는 의미지!

난 할인 없으면 절대 안 사

···사실 돈이 없거든

SLOTHILDA MONEY

나는 주로 DIY로 해결하곤 해

아마도…?

근데 이거 절약하는 거 맞지?!

휴,
오늘 하루 종일
쇼핑만 했네

자, 이제 가장 중요한 일이 남았어!

CUSTOMER SERVICE

저 또 왔어요

후회 & 반품 타임

어떻게 해서든 널 찾고 말겠어…

사용가능한 쿠폰

몸에 좋은 과일 좀 사볼까?

뭐, 언젠가는 먹겠지

지갑에 카드가 많다는 건
무책임한 게 아니라

위기대처에 능숙하다는 것!

주문한
친구 선물은
도착했고,

오라이~

그리고
내 거 몇 가지…

마지막 한 벌?
게다가 세일이라고?!

괜찮아,
언젠간 맞겠지...

침대 밖은
위험해!

# 깔끔한 우리 집

# 정돈돼 있다고는 안 했어

아~ 도저히 못 일어나겠어

해야 할 일 목록이 나를 짓누르고 있거든

남들 눈에는 난장판일지 몰라도

내게는 가장 아늑한 보금자리

내가 가진 이 책들 좀 봐봐

얘네들은 그중에서
내가
특별히 아끼는
책들이라구

피넛에겐
얼마든지 양보할 수 있어

좁아…

그래도, 그만 좀 올래…?

마음 단단히 먹어야 해
빨래 날이 다가오고 있어

한 방에… 끝낸다!

쉿…
나 지금 명상 중이거든?

침대 정리는 왜 해야 하지?

어차피 누울 건데!!

SLOTHILDA HOME

어쨌든 완성!

내 방은 정말 안전한 공간이야

그래도 조금만 주의해서 다녀줄래?

SLOTHILDA HOME

나에게
냉장고란?

또 하나의 잡동사니 수납장

내 요리는 유행타지 않아요

그냥 탑니다

# 플라스틱 용기 모으기

좋게 보면 환경보호
# 다시 보면… 그냥 수집벽?

직접 만들어 봤어

잘했지!?

# 계절에 민감한 스타일

여름

가을

겨울

봄

# #주말 #피자 #천국

**내 초능력은**

**파워 낮잠**

# 셀카 사이클

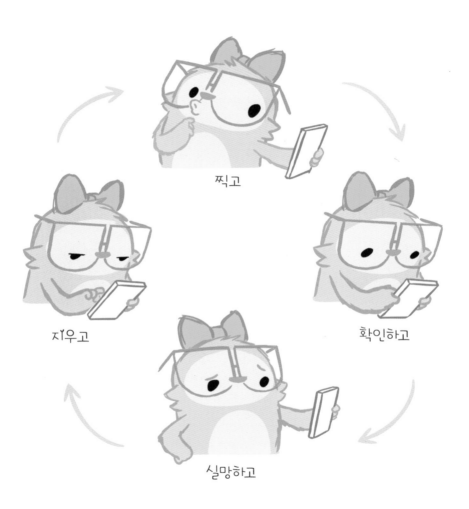

찍고

확인하고

실망하고

지우고

내 진정한 자아는
뒹굴뒹굴 집요정

내가 생각하는 자는 모습

실제 자는 모습

이 정도면 충분하겠지?

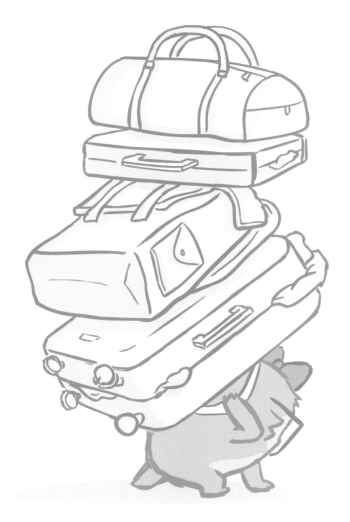

주말여행 동안

광합성은 역시 해변이 최고!

근데 이 자국은 어쩔…

마음의 평화를 찾는 중

아마 자고 일어나면 찾을 수 있겠지?

# 나만의
# 파티 타임

# 나른한 오후와의 전쟁

**1**

커피 장전

**2**

원샷

**3**

충전완료!

저… 잠깐

혼자만의 시간 좀 가질게요

내일은 유산소 운동하는 날이니까

오늘은 근력운동을 해볼까?

제일 마음 편한 점심은

혼자 먹는 점심

# #일상

지금은…

재충전 중

난 원래 돌부처 같아

그러다가 배가 고파지면…

참을성 따위 피넛이나 줘버려!

# 껌딱지 피넛의 일상

운동할 때

밥먹을 때

청소할 때

나와라 좋은 말로 할 때

빨래할 때

우리 피넛은 잘 때만큼은 천사 같아요

안 깨게 조심해야지

# 피넛의 보디랭귀지

사랑해줘요                    사랑해줘요

사랑해줘요                    저리가!

# 변신의 달인, 피넛

불꽃놀이 너무 멋지지 않니?

피넛, 너한테는 아니구나

오늘 산책하기 딱 좋은 날씬데?

산책… 하기… 좋은…

근데 구멍이 왜 이렇게 작아졌지?

그게 말이죠… 제가 다 설명할게요

엇, 맞다… 나 말 못 하지

반씩 나눠 먹을까?

내가 말한 건 그 반이 아닌데…

# 365일 털갈이 시즌

피넛은 특별한 강아지야

저 아이 머릿속은
알다가도 모르겠거든

# 우리 피넛은 아무거나 먹지 않아요

피넛, 선물 사왔당~!

고맙다는 말 정도는 해야 하는 거 아니니?

절대 꺼지지 않는
두 번째 알람시계

다녀왔습니다~!

나 보구시퍼떠?

사랑해, 피넛

비록 내가 너한테는
두 번째여도…

THE END

# 감사의 인사

이 책을 만드는 건 결코 쉬운 일이 아니었다. 알고 보니 느긋한 삶에 대해 글을 쓰고 그림을 그리는 것은 실제로 그런 삶을 실천하는 데 전혀 도움이 되지 않았다. 하지만 감사하게도 주변 많은 사람의 응원과 격려 덕분에 무사히 책을 완성할 수 있었다.

무엇보다 트라이덴트미디어 에이전트 마크 고틀립Mark Gottlieb에게 감사의 말을 전하고 싶다. 마크는 내 블로그를 발견하고 내게 출간을 제안했다. 이 책이 세상에 나올 수 있도록 도움을 준 것에 감사한다. 스카이호스 퍼블리싱에서 편집을 맡아준 리아 자라Leah Zarra 그리고 리아와 함께 한 팀원들에게 좋은 기회를 주고, 항상 격려해준 것에 고마움을 전한다. 그들은 내가 만드는 작품의 가치를 알아봐 주고 힘을 실어주었다.

내게 제다이의 마스터 같은 존재, 나딘 마칼루소 박사Dr. Nadine Macaluso는 진지하고 자발적인 자세를 가르쳐주었고, 내가 혼자서라면 내지 못 했을 용기를 북돋아주었다.

이 책의 출간을 도와준 멘토 매리 랭Mary Lang은 처음부터 끝까지 내가 이 프로젝트를 성공적으로 완성시킬 수 있도록 인도해주었다.

친구들과 가족들 특히 우리 아버지, 쌔스Sass, 린디Lindy, 닉 첼랴포브Nick, 폴 요시다Paul, 벤자민 칼트네커Benjamin, 브래드포드 기본스Bradford, 빌로리아Villoria 가족, 제스 길리엄

Jess 그리고 지피 Giphy.com 여러분께 감사의 말을 전한다. 여러분의 격려가 내가 작업을 이 어나가게끔 하는 데에 큰 몫을 했다.

내 인생에서 가장 중요하고, 세상에서 추로스보다 더 사랑하는 내 아내에게 고마움을 전 한다. 엉뚱하고 조그만 나무늘보에 대한 만화를 그리고 싶다는 밑도 끝도 없던 소원을 응원 해주어서 너무 고맙다. 이렇게 귀엽고 사랑스러운 슬로틸다는 당신이 아니었다면 세상 밖 으로 나올 수 없었을 것이다. 당신은 내 인생에 있어 엄청난 행운이다.


나의 친구들과 구독자 여러분께도 감사를 전하고 싶다. 진정한 슬로라이프를 살고 있는 여 러분들이 있어 표현할 수 없을 정도로 마음이 벅차다. 항상 내가 이 책을 쓸 수 있도록 끝 없이 동기부여하고 넘치는 사랑과 지지를 보내주어서 너무 고맙다. 앞으로도 새로운 슬로틸 다 이야기들을 여러분과 나누게 될 시간이 기대된다.

마지막으로 독자분들께 너무나도 큰 감사의 말을 전한다. 이 책을 재밌게 즐겼으면 한다. 질문, 코멘트 혹은 공유하고 싶은 피드백이 있다면 트위터나 인스타그램 @slothilda로 연락 주길 바란다.

새롭게 업데이트되는 슬로틸다와 피넛의
엉뚱 발랄한 일상은 아래 계정에서 확인할 수 있습니다.

 @slothilda

 @slothilda

 slothilda.sloth

www.slothilda.com

**최선을
다해 ____ 느긋하겠습니다**

초판1쇄 인쇄 2019년 11월 30일
초판1쇄 발행 2019년 12월 5일

지은이 | 단테 파비에로
옮긴이 | 타일러 라쉬

발행인 | 유영준
편집팀 | 오향림
디자인 | 비닐하우스
인쇄 | 두성P&L
발행처 | 와이즈맵
출판신고 | 제2017-000130호(2017년 1월 11일)
주소 | 서울 강남구 봉은사로16길 14, 나우빌딩 4층 쉐어원오피스(우편번호 06124)
전화 | (02)554-2948
팩스 | (02)554-2949
홈페이지 | www.wisemap.co.kr

ISBN 979-11-89328-24-5 (03800)

이 도서의 국립중앙도서관 출판예정도서목록(CIP)은 서지정보유통지원시스템
홈페이지(seoji.nl.go.kr)와 국가자료 공동목록시스템(www.nl.go.kr/kolisnet)에서
이용하실 수 있습니다. (CIP제어번호 : CIP2019046159)